AF390349

LE DROIT DU PLUS FORT

Nouvelle érotique

Écrit par
Léopold
von Sacher-Masoch

Le brouillard du matin remplissait encore les vallées sauvages qui séparaient les hautes montagnes. En bas, il bouillonnait comme dans une grande chaudière de sorcière ; mais en haut, sur les pointes aiguës des rochers, au-dessus des cimes noires des sapins, le soleil triomphait déjà, et baignait tout, de près et de loin, de sa lumière chaude et dorée.

Au milieu du désert aride de granit s'étendait une petite prairie couverte de fleurs et de hautes herbes. Là, une pauvre fille faisait paître ses brebis.

C'était une paysanne du village misérable dont les chaumières étaient collées, comme des nids d'hirondelles, à la pente de la montagne. Assise sur une pierre, elle regardait par-dessus les nuages. À ses pieds s'étendait la belle Transylvanie, son pays natal, et derrière elle, la Moldavie où, de l'autre côté des poteaux, habitaient des gens qui, eux aussi, étaient de sa race et parlaient sa langue.

Au premier regard se trahissait en elle la fille de cette antique Rome, dont jadis une des légions avait construit là son camp. C'était une apparition fière et vraiment princière. Sa tête était belle et noble ; mais dans se yeux noirs on retrouvait un peu de la volupté rêveuse de l'Orientale, et dans ses mouvements la gravité de la patricienne s'alliait à la grâce du harem.

Un cri perçant, comme celui d'un aigle, l'arracha à ses rêveries et, au même moment, apparut, sur un des rochers voisins, un jeune homme qui montait et descendait à l'aide d'une corde et d'une hache. C'était un de ces hardis montagnards roumains qui s'en vont chercher, le long des rochers, au péril de leur vie, des herbes rares et de la mousse d'Islande. Il lui fit un signe, se laissa glisser, avec la rapidité de l'éclair, jusqu'à un petit plateau, sauta au-dessus d'un précipice, dans lequel grondait un torrent, et se rapprocha d'elle.

C'était Akanor Bougouleskou, un jeune paysan qui l'aimait, et auquel elle avait donné son cœur, un soir qu'ils avaient dansé ensemble la hora. Grand et élancé avec sa figure d'Antinoüs, il se tenait, maintenant, debout devant elle et la contemplait dans un muet ravissement. Inconsciemment elle rajusta ses vêtements ; car, là, à six mille pieds au-dessus de la mer, la femme est encore coquette, même lorsque tout son luxe consiste en une longue chemise brodée en laine rouge, une fourrure de mouton et un collier de perles de verre.

— Tu es bien matinale aujourd'hui, Saldana, dit enfin l'adolescent.

— J'ai perdu, hier, une de mes bêtes, répondit la pastoure, et il me fallait la chercher avant la levée du jour.

— Et tu l'as trouvée ?

— Oui, grâce Dieu.

Akanor s'assit à ses pieds et commença à étaler les herbes dont était remplie sa torba, grande poche brodée qu'il portait sur l'épaule.

Le brouillard se dissipait peu à peu, la rosée fondait sur la prairie, et, à la chaude lumière du soleil, les fleurs envoyaient au ciel leur doux parfum, comme d'un autel de sacrifice.

Un coup de fusil retentit dans les rochers, et l'écho le répercuta plusieurs reprises. Tous deux se redressèrent et prêtèrent l'oreille ; peu de temps après, ils aperçurent un chasseur qui montait lentement vers la prairie.

— C'est Mòdard Piatra, le chasseur d'ours dit Akanor.

— On dit qu'il est le plus hardi entre tous, murmura la pastoure. Tu le connais ?

Akanor inclina la tête.

— Oui, il s'avance vers l'ours comme vers un frère. La veille il a eu soin de mettre sa balle dans l'eau bénite, et de l'y laisser tout le temps de la messe ; après quoi, il la charge dans son fusil, et jamais il ne manque son coup. S'il ne réussit pas à tuer l'ours, ou que celui-ci, rendu furieux par sa blessure, se dresse pour l'enserrer de ses pattes redoutables, alors il enroule sa veste autour de son bras, et marche sur la bête, le couteau à la main.

Saldana frissonna et, comme le chasseur tournait brusquement l'angle d'un rocher, elle poussa un cri.

— Ne crains rien, dit-il ; je suis Piatra le chasseur d'ours, et jamais encore je n'ai fait de mal à une femme.

Elle fixa sur lui ses grands yeux noirs et se tut.

Mòdard Piatra était un homme d'environ trente ans. Sa structure rappelait celle d'un monument de bronze, et son visage n'eût pas fait honte à un Mucius Scévola ou à un Régulus. Il contempla la belle fille avec son regard hardi de gladiateur et, prenant lentement la superbe peau d'ours qu'il portait autour de ses épaules, il la déposa à ses pieds.

— Voilà pour ta peur, dit-il.

— Je n'ai pas peur de toi, répondit Saldana, et sa lèvre supérieure se plissa d'un air dédaigneux.

— Tant mieux ! s'écria Piatra, car tu me plais. C'est la première fois que je te vois. Comment t'appelles-tu ?

— Saldana Vassili ! répondit la jeune fille en baissant les yeux.

Le chasseur s'assit près d'elle et entoura sa taille de son bras.

— Que veux-tu ? dit Akanor, qui se leva brusquement ; elle est à moi.

— À toi ?

Saldana inclina la tête.

— Mais que m'importent tes droits sur elle ! continua

Piatra ; jusqu'à présent, j'ai toujours eu l'énergie de vouloir posséder ce qui me plaisait, et le courage de conquérir, même par la force, ce que je voulais posséder.

— C'est ce que nous verrons, dit Akanor.

— Ne te mets pas en travers de mon chemin, jeune homme, répondit fièrement le chasseur en se levant, et, si tu tiens à la vie, prends garde.

— Tu es donc un assassin ?

— Non, je ne le suis pas, répondit Piatra ; je ne te prendrai pas dans un guet-apens, et tu n'as rien à craindre de ma balle ; mais, si tu ne veux pas me céder cette fille, il te faudra lutter avec moi, pour elle.

— Non ! s'écria Akanor, je ne reculerai pas. Je l'ai choisi pour femme, et, dans peu de temps, le prêtre doit nous bénir.

— Crois-tu donc que, moi aussi, je ne la veuille pour femme ? répondit Piatra. Je suis tout aussi disposé que toi à lui mettre l'anneau d'or au doigt.

Akanor sortit brusquement la hache de sa ceinture ; mais Saldana se jeta entre les deux rivaux :

— Je ne veux pas qu'on se tue à cause de moi ! s'écria-t-elle ; tu as proposé la lutte, Piatra, il faut en rester là. Luttez, et je suivrai le vainqueur.

— Qu'il eu soit ainsi ! dit Akanor.

Le chasseur inclina la tête, et jeta loin de lui son fusil et son couteau.

Tandis que les deux hommes se partageaient le vent et le soleil, et se plaçaient l'un vis-à-vis de l'autre, les poignets croisés sur la poitrine, Saldana se coucha à demi sur la peau d'ours qu'elle avait étendue sur le rocher. Appuyée sur son bras gauche, elle suivait la lutte des deux hommes avec plus de curiosité que d'émotion, majestueuse comme une vestale assistant à un combat de gladiateurs.

Après quelques instants d'une attente muette chacun sa préparait à l'attaque ; Akanor se rapprocha lentement, le pied droit toujours en avant, et saisit, tout d'un coup son adversaire. Il le saisit adroitement, justement sous les bras, et, par deux fois, il fut sur le point de renverser Piatra ; mais celui-ci semblait avoir pris racine dans la terre. C'était un homme de pierre, qui paraissait taillé dans le roc ; un dernier effort d'Akanor, puis il lâcha le chasseur. Tous deux reprirent haleine.

C'était maintenant Piatra qui attaquait ; le chasseur souleva le jeune homme de terre, mais celui-ci parvint à reprendre pied et échappa, par un mouvement adroit, à son étreinte de fer. Ce n'était que le prologue.

Les ennemis avaient voulu mesurer leurs forces. Alors commença la lutte au poignet ; de nouveau, ce fut du tour d'Akanor d'attaquer ; il frappa coup sur coup le chasseur, qui recula devant lui, tout en se défendant avec un rare sang-froid.

Akanor atteignit l'autre à la poitrine. Saldana fit un mouvement, ses yeux étincelaient, et ses lèvres entrouvertes laissaient voir ses dents blanches.

Piatra avait pâli un instant ; mais il se remit aussitôt, et maintenant ses coups pleuvaient sur son adversaire, qui se défendait avec peine et perdait peu à peu du terrain. Le poing de Piatra s'abattit sur le visage de son ennemi.

Saldana resta calme ; mais, au moment où son fiancé reçut un second coup au-dessus de l'œil, un sourire plein de dédain passa sur ses traits sévères.

Déjà l'adolescent était arrivé au bord de l'abîme ; il fit encore un effort désespéré pour repousser Piatra et réussit même à le frapper ; mais l'instant d'après, le poing de son rival tomba sur sa tête, avec toute la force de la colère et de la jalousie. Akanor chancela et, se renversant en arrière, fut précipité dans l'abîme.

Piatra resta debout, comme pétrifié, les poings toujours serrés, tandis que Saldana le regardait avec une terreur muette.

— Est-il mort ? demanda-t-elle, après une pause.

Piatra inclina la tête ; la jeune fille baissa la sienne en rougissant, pour la relever aussitôt avec fierté.

— Tu es à moi, Saldana ! dit Piatra.

— Si je le veux, répondit-elle avec ironie.

— Ne le veux-tu pas ?

Elle le regarda ; puis, tout à coup, d'un mouvement sauvage, elle l'attira dans ses bras et l'embrassa.

— Viens, dit Piatra.

— Où ?

— Chez le prêtre.

Le dimanche suivant, j'étais assis devant le cabaret du village, avec un de mes amis, propriétaire d'une terre des environs, et un savant de Bucarest. Les garçons et les filles dansaient la hora, et au milieu d'eux nous vîmes Saldana qui se balançait dans les bras de Piatra. Un chanteur aveugle récitait, sous un tilleul, une sorte de chanson héroïque qui glorifiait la victoire de Piatra et la mort tragique d'Akanor. Mon ami blâma Saldana.

— Vous avez tort, dit le savant. Je me souviens d'une scène semblable, dont je fus témoin pendant mon voyage en Nubie.

Étant à la chasse, nous aperçûmes, de notre cachette, un grand lion qui s'approchait, suivi d'une lionne. Nous nous préparions déjà à faire feu, lorsqu'un second lion sortit du fourré d'un bond majestueux ; il s'arrêta et salua la lionne d'un rugissement fier.

Pendant que son époux se préparait à la lutte, la reine du désert, ne songeant pas à lui porter secours, se coucha à terre et, calme et tranquille, elle suivit le duel de ses yeux jaunes. Lorsque son époux se retira, couvert de sang, pour s'en aller mourir dans quelque coin, elle se redressa et suivit le vainqueur.

Là où l'homme est encore plus près de l'état de nature, ses instincts sont aussi plus simples, mais il n'en est pas plus mauvais pour cela. La nature n'a qu'un seul but : la continuation et la perfection de la race ; c'est pourquoi l'homme cherche inconsciemment la beauté chez la femme et, celle-ci, la force chez l'homme. Saldana ne mérite pas de blâme. En amour comme en toutes choses, « le droit du plus fort est toujours le meilleur ». Ici, dans ce pays à demi sauvage, c'est la force, et dans notre monde civilisé, l'argent.

ISBN ebook : 9782512008156

ISBN papier : 9782512009351

Dépôt légal : D/2018/12603/107

Couverture : © Hélène Massart